描きかけの絵のように

秋元行雄詩集

Akimoto Yukio

編集工房ノア

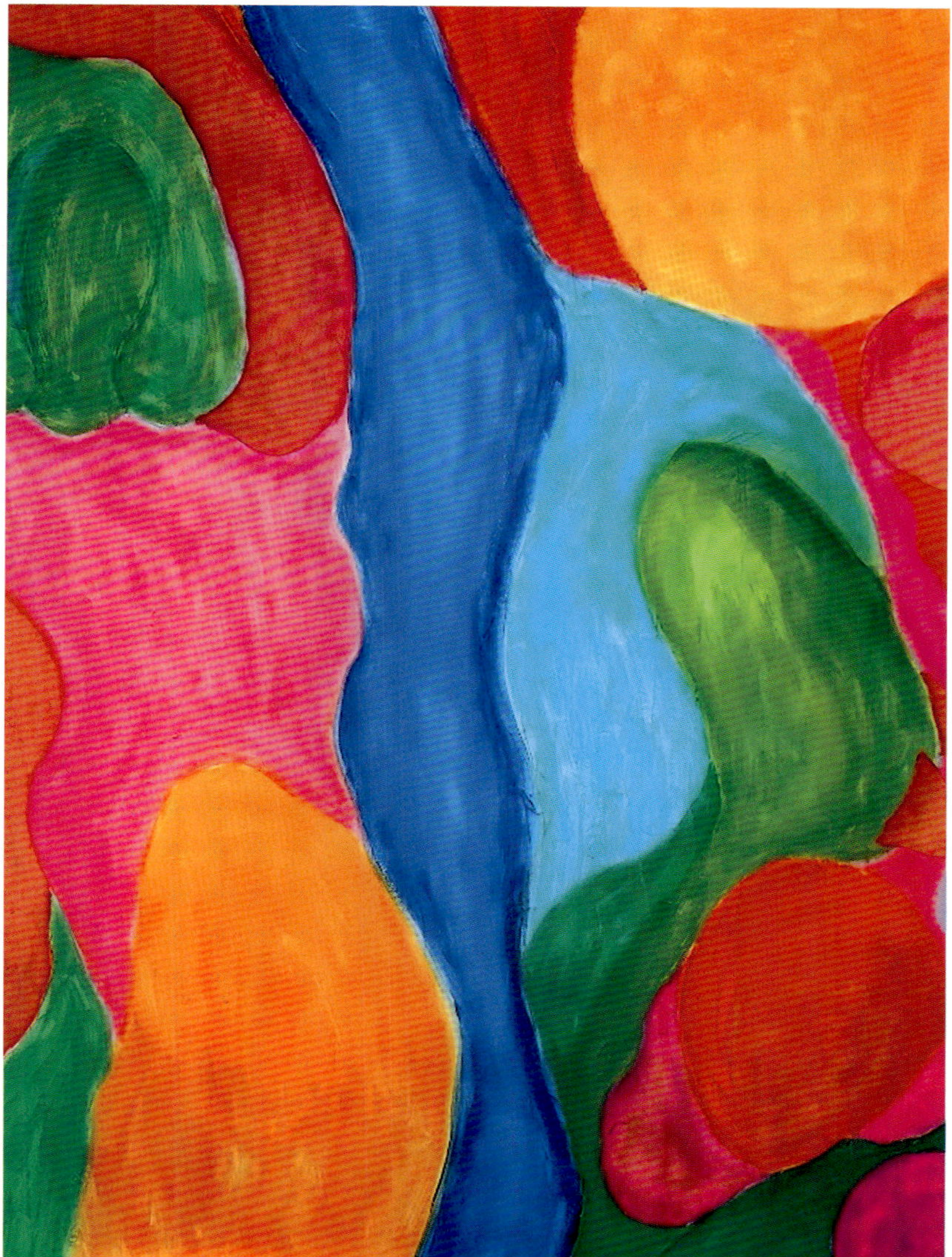

馬と少女

妖精たち（部分）

詩集　描きかけの絵のように　目次

カバー・口絵　秋元行雄
装幀　森本良成

*

小さな島

おむすびのような
小さな島が
海から生まれたように
ぽっかり浮かんでいる

山のてっぺんに
旗がハタハタはためいている
太陽の光に照らされて
どこからでも見える

小さいけれど
とても元気そうだ
いつ生まれたんだろう
俺は一生懸命だと言わんばかり

大きなクルーズ船の
デッキの欄干に
寄りかかって
ぼくは　眺めていた

この海の中に投げ出されたら
ひとたまりもないだろう
船は海を蹴散らすように

大きな波を立て進んでゆく
だんだん小さくなってゆく
島のてっぺんの旗に
ぼくは精一杯
手を振った

絵の具

きょうは蕾のふくらみそうな
朝だから
電車に乗って
ショッピングセンターに
春の絵の具を買いに行こう

ショーウィンドウは
夢の国
たとえひとときのためにだって

時めきの
色を探して

もし偽りのパステルカラーだって
幕が開ければ
ミュージカルのように演じるのは
興味津々ハートブレイクのラブコメディー
面白いに違いない

今朝はまだ冷たい風だけど
春だから
くちずさんで
ショッピングセンターに
春の絵の具を買いに行こう

ココヤシをやさしく抱いて

煌々とはためく青い凪よ
どこからやって来たのか
爆発寸前の入道雲が勇ましい

交叉点で何を思ったのか
汗だくのパトカーがサイレンを溶かしてしまったようだ
信号機はめまいを起こして
青と赤のミックスソースが滴り落ちている

白い素足の少女がバナナサンドを食べたくて
碧い海に泳ぎにいった
誰が誘惑したのか
深海の巨魚《きょぎょ》が牙をむいて
帝王の衣装をまとって獲物を漁っている
海を干上がらせ陸を焼き恐怖を振り撒いているが
ヴィランのように悪ぶるのはにあわない
少女が戻って来るまでに
喰い殺したフカの骨を焼けた砂浜に並べておけ
テーブルにはブーゲンビリアを置いて
ココヤシの実を
やさしく抱いて待つがいい
誰も殺人鬼だと思うまい
青空は知っているに違いないが

決して告げ口なんかしないだろう

夏よ
静かに目覚めた夏よ

大地を育む心優しい勇気で
少女の肌を焼くがいい
夏の野生に放つがいい

描きかけの絵のように

風が吹いてきた
描きかけの絵のように
こわごわと
風が吹いて　来る

何も言わず
吹いて　来る

寡黙な役者のように

何を言いたいのか　分からない
言葉も　聞こえない

もしかしたら
ボクが聞こうとしないのか
だけど
描きかけの絵は知っているようだ
ボクをじっと見ていた
心の奥底に棲みついたグロテスクが這い廻り
いつかカナリアに生まれ変わる夢を見ていることを
きっと　知っている

描きかけの絵の前で
ボクはお地蔵さんのように立っている

百貨店にセリフを買いに行く

百貨店にショッピングに行く日は楽しい
連れて行くのは
昨日の新聞記事でも
明日の番組欄でもない
絵を描こうとキャンバスを背負って
カフェでシャンソンを聞く

ホームドラマの退屈
奇想天外なコメディーが面白い

カラフルな風景を描こうと
お花畑に来たはずなのに
これは造花《イミテーション》だと誰も気づいていない
一年のスケジュールに合わせて
きょうのファッションショーはみんなに秘密にして
ペンキを塗ったのは誰だ

どこから吹いてくるのか
季節の風が気持ちいい
公園を飛びまわるＳＦ小説
母子《おやこ》ロボットの家族連れではないか
郊外電車の安らぎは
化粧と言葉を窓から放り投げること
帰り途の乗客たちは

明日の新しいシナリオを知ろうともしない

毎日百貨店にやって来る
イカシタ男とコケティッシュな女たち
洋品売り場のかぐわしいコスメティックスを
買いに来たのではないことは
誰もが知っている
素知らぬ顔して
ラブコメディーのハッピーエンドを探している
チケットは売り切れることはない
いつだってセリフ売り場は人気がある

夏のきおく

――ヒコーキ雲

こうえんのちいさな森に
さるすべりがさいている
いくつもの夏
たくさんの顔　あっちにもこっちにも
あおいそらが　うでをいっぱいひろげて
しろいくも　ふわふわと　手がとどきそう
木々の葉っぱが　きらきらひかって
たいようとあそんでいる

ちいさないけに　飛んでいる
あおとんぼ
あかとんぼ
スイスイ　スイスイ　サーカスだ
藻がしげっている池のなか
とのさまがえるのまるい目が　すいめんからのぞいている
ありのぎょうれつ　いそがしい
へびのさしあしいしのびあし　きんちょうがはしる
くまぜみのだいがっしょう
緊迫のくうかんを
かぜがとおりぬけた

しょうがくせいだったころ
がっこうのうらにわに　くずれた防空壕があった

にのみやきんじろう　ひとりぼっち
真夏の
だだっぴろいうんどうじょう
せみのこえは　にんげんの叫びのように
たかいすみきった空を
ヒコーキ雲がはしっていった
ながれてきたあせ
しろいハンカチでひたいをふいた
そびえたつポプラをみあげる

きょうの青い空にも
ヒコーキ雲
いきさきはわからない

金曜日はオーマイガーのノリノリで

金曜日の夜は
ノリノリで行きましょう
溢れる愛はより取り見取りキラキラ回る手ですくう　舞台はいつも不夜城の
ドリームランドの幕が開く　踊り子たちはネオンライトに照らされて
マスカレードの目覚めた夢が未来の夜に迷ったら
ロックンロールに胡椒《ペッパー》かけて悲鳴をあげて食べましょう

怪獣たちが無言のように目を凝らし
イカれた王子が現れてキュートな女神を誘拐するでしょう

だから金曜日の夜は祝祭のワインをかざしたら
時間を止めて
裸足になって
目隠ししたら透明な曲線のラジオの耳が石鹸のように疑り深く絵本を飲むと
決して言葉を見せては危険です

やって来たエイリアンを捕まえて丸焼きグルメが食べるのは紫色の予防です
家内安全に違いないけれど大合唱する漫才迷路は大乱闘
ダンス！
ダンス！
シナリオなんて　いらないよ
クレイジーな八月は交響曲がパンクします
目まいの渦に跳び越えて
愉快な時計のサルスベリから決してすべって転んではいけません

ドレスコードのレストランで
ネクタイ締めて　きつねのパーティー見つけたら
墓標の前で
イケイケの呪文を唱えましょう
そうすれば嬉々として砂糖のお家《うち》を建てるでしょう
いつ崩れるかわからない
雨から生まれたお月様が笑ったら夢の花火を咲かせましょう

何があっても
まーるい方程式を発射して
美味しいディナーを撃ち落とし大声上げて夜の夜中に歌うなら
祭囃子のパレードに匿名の平行線が盗んだ奇声を上げるでしょう
ハチャメチャのお巡りさんに見つかれば

素早い目くらましで謝って
回転木馬にまたがって　一目散に逃げましょう

カシス色の

Ⅰ　カシス色の香り

カシス色の香りを吹き入れて
包み紙を風船にして膨らませた
ぼくの分身は思いもよらず
ふわっと浮かんだ
僕に似て下手くそなので
うまく飛ぶことはできないようだけど
失敗しても嬉しそうだ

お前のやさしさで
カシスの実よ
テーブルの不穏な気配を吹き払い
自由きままに
飛ぶがいい

II　長い夜

遠くに行ってしまったはずではなかったのか
長く寒い夜が始まった
目を閉じたが　温かくはならない
窓を閉じたらもう少し寒さを防げると思ったが
余計に寒くなった
今度は両手を閉じてみた

更に寒い
どうすれば寒さが防げるのか
もう閉じるものはない
暖房のない日は
しずかに眠るしかないのか
カシス色のかすかな温もりは
誰を探しているのだろうか
お前は俺を守れるか

Ⅲ　半月の不安

テーブルの上の小さなノートは
居場所を失った言葉を
ほったらかしたまま　眠ってしまった

人恋しさの香りに誘われて
閉め忘れた窓の隙間から
冷気が忍びこんで
誰かを攫《さら》いにやってきたのか

かすかに聞こえる
連れ去られた言葉　寒さに震えて
遠い　深い　時間の中
迷い込んで
今日も淋しく嗚咽する
何処を漂っているのか知る人はいない

窓の外は果てしなく
オリオンも　泣いているのか

虚空の彼方に
誰も見た者はいない
誰も慰める者はいないだろう
暗闇に響き渡る叫び声を聞いた者はいないのか

やめてくれ
せめて今宵は半月《はんげつ》の不安を
静かに抱いて眠れ
巨人の腕よ
寒い夜は仔犬を抱いてやれ

もしカシス色の言葉を見つけたなら
そっと囁いてやるがいい

Ⅳ　予感

何が始まるのかと
タイトルのない舞台装置は
ミステリーの始まりを告げている
俳優たちは無音のドラマに
戸惑っている
シナリオを知らないストーリーが
消しゴムで消したとは思っていない
氷の針のように緊張する時間の中で
喚《わめ》いている
逃走する台詞は
完璧に塗られたカシス色の予感に嘘を見破られて

知らないふりを装っている
時間は待ってくれない
お前の役割は
観客を魅了することだ
決して本当のことを言ってはいけない
オーディエンスは酔いしれるだろう
ラストシーンの結末は
ミステリーの万華鏡を映している
だれ一人だって
明日起こるかもしれない
失望を見たくない
決して現実に起こしてはならない
誰だって希望を持っているのだから

V　地球に

カシス色の部屋を抜けて
宇宙を彷徨う
飛んで行くのは
こぼれる光の雫
大声を張り上げて
助けを呼ぶ
誰も聞いているものはいない
寂しくて逃げ出したのだから
お前のことは誰も気が付かない
誰も助けに来ないだろう
みんな

不安に慄いて
助けを求めているのだから
カシス色の部屋は何も語らない
やさしいゆえに
もしかしたら
待っている人を
見つけることができるかもしれない
だから迷うことなく
静かに歩め
独りで歩め
再び地球に戻るまで

位相

土曜日のキャンパスは広い
初夏の匂い
気分はとても明るくて愉快だ

ショートパンツの女学生が歩いて行った
太陽の光を浴びた若葉が
笑っている
新しい学生たちの希望のように

校舎のピロティからリズミカルな音楽が聞こえてくる
学生たちがダンスの練習をしている

ぼくの学生時代もあんな風に映っていたんだろうか
夏の風を感じながら彼らの練習を見ている
いま　ぼくは彼らの中にいる

小さな公園の池の上を
アカネがスイーッと行ったかと思うと
また戻ってきた

いま　ここに夏がある

朝、目覚めたときの琥珀の

朝　目覚めたときの
勢い良く伸びた若い芽の先から
うす紅色の　花びらの
延長線上に
空高くひらひらと　舞いあがり
光を反射しながら
蝶たちは
生まれて来る

まだ言葉を知らない生命の　鼓動の　おののき
生温かい若い母親の乳房から
滴り落ちる希望の
なぜに　夏の日の淡いデジャビュなのか

つばめの雛たちが
待ち遠しく
鳴き叫んでいる
母親たちはどこの国から来たのだろうかと
鋭い飛翔はすべての疑問を遮る
青く照らす太陽だってひとり寂しいのだから
サフラン色の夢は過去の死体の中に
せめて明るい空を感じているときは
潤んだ目の向こうに

やさしい空を見よう

ミルク色の
やわらかな母親の　記憶の　胸元に
手を伸べて涙を流そう
何も言わず口づけをして涙をぬぐおう
目覚める前の夢を見終わった瞬間の
琥珀の中から
生まれ出る時間は
何かを語りたそうだ

千年の彼方から

——ノマドのように

はるか彼方に続く一本の道
前にも後にも一匹の羊さえ見当たらない
オアシスが通り過ぎる
路傍にメロンを売る日に焼けた老人は
どこから来たのだろうか
いつ買いに来るかわからない旅人を待っている

なんとみずみずしい果物なのかと渇いた喉を潤す
おそらく何百日も雨は降っていない

どこにこんな畑があるのだろうと目をやるが
空の向こうまで
荒涼とした風景が続くだけだ

かつて城があったというが
建物の痕跡などどこにも見当たらない
砂の盛上ったおそらく土壁が崩れた跡から
風が言葉を運んでくる
この砂塵の中に街があり人々が行きかっていた路地を
色褪せた写真が通り過ぎる

千年の夢のなかに
一人の男が歩いている
時計の音が砂に埋もれてゆく

何色ですか

何色でしょうか
不思議そうに僕の言葉を見つめている
あなたには言葉に色がついているのですね
だけどいつも一緒じゃないみたい
ボクは黄色が好きなんだけど
時々
赤味がかったり

青味がかったり
甘かったり
クールだったり
いい匂いのする時もあります

僕の思いどおりにはならないけれど
愉快な日には
いろいろこんがらがって
思いもよらない色模様の世界を喋っています

そういえば
昨日はちょっと輝いていたみたい
気分のいい日だったから
空に飛んで行ってしまった

ミントティー

真夏の夜は妖怪たちがやって来る
夢を見ているカナリヤは
メガネを忘れてはいけません
月夜の晩は淋しかろうとお伽噺の行進だ
フラミンゴの胸騒ぎ
マスカレードがやって来る

のっぽのビルが偉そうにカラスの言うことを
聞かなかったので魔法の扉が開きません

夢はアラブのお姫様
ミントティーを飲みましょう
コブラがダンスをはじめます
この世は危険なことばかり
魔法のランプを買ったけど油がないと点きません

夜な夜な悪夢と喧嘩する
闇夜の一人歩きは危険です
王子様さえ目が引きつって口から泡を吹きだした
ここしばらくはご無沙汰だ
お姫様が泣いてます
気付け薬をかがせましょうか
今宵元気になりますように

毎夜我が家にやって来る悪魔は怖いに決まっています
パーティー会場はバカ騒ぎ
セオリー通りの信号機イエローカードを突き付けた
悪いことなどしてません
ミステリーは不安そう
闇に紛れて逃げましょう

世界中めぐり巡って
魔法使いを探しましょう

奇妙なコンビニ

裏通りにある小さなコンビニには　いつもひと気がない
買い物客やモノを売りに来る客は滅多に来ないが
今日は珍しく何人かの客がレジに並んでいる

「いらっしゃいませ」
いつもの年老いた店員が愛想を振りまいた
「十五グラムの幸せをください」
中年の男が言った　今晩静かに眠るために　小さなレジ袋に
ちょっと入るだけの小さな買い物をした

前の列に並んでいた太った中年の女は五百グラムも買っていった
とても満足げな様子だ　五百グラムとは何なんだろうか
もう取り戻せない時間の寂しさを紛らわすために買ったんだろうか
過ぎ去った過去は誰だって二度と取り戻せない
中年の男は一年に一度はそんな贅沢をしてみたいと思ったが
結局　今日も十五グラムの幸せを買った

後ろには　アンパン一つと缶コーヒーと小銭を握った
初老の客が並んでいた
老人は何を思ったのかパンとコーヒーを棚に戻し
手に握っていたありったけの金で
コンビニに残っていた六グラムの命を買った
たとえ僅かでも長く生きたいと思ったのだ

ほりの深い皴のある老人の顔には僅かな笑みがあった

隣の列には別の客たちが並んでいる
何かを売りに来ているらしい
若い女がトートバッグから包み紙を取り出して店員に渡した
二言三言会話している　折り合いがついたのか若い女は
いくらかの金を受け取って　俯きながら
「ありがとう」
と言って店を出て行った

彼女は二十グラムの夢を売ったそうだ
わずかな金で夢を売った若い女は　その金で何をするのだろう
他人のことなどどうでもいいことだけど何故か気になる
女はコンビニを出ると　きょうも心の空白を埋めるために

華やかな表通りを　賑わいの中に消えていった

その日は夜遅く若い男がやってきて十グラムの若さを売って
帰っていった　若い男の背中は今日も仕事に疲れていた
売った金で疲れを癒すのだろうが
何をするか知らない

コンビニにはいつもの朝が来た
いつものように客はめったに来ない

0105のテーマ

正午の太陽から垂れ下がる冬の日の憂鬱　吹きすさぶ
風は声を忘れてしまったのかと問いかける　仮面のイ
カサマ師は正体を見破られているにも拘らず黒いマン
トをまとっているが　蜜壺を抱き涎を垂らして喋る姿
は滑稽だ

青色の傲慢とガラスの無慈悲を呼んでパーティーを開
くのはやめてくれ
立ち枯れた樹木よ

ペンキを捨てて大地の声を聴け
真実を語れ
教えてやらねば永遠に無知だ
白いベールを被った森の妖精は化身の誘惑に恐れ戦っ
ているのだよ

天空に潜む氷結は雪崩を引き起こし砂漠に眠る屍が洞
窟から溢れ出す
あたりまえの話だ　お前はアバタを隠してはならぬ
お前は腐敗したハラワタに目を背けてはならぬ
甘い香りのする透明な泉が湧き出るオアシスなどどこ
にあるというのだ

いつものらりくらりと暇そうに遊び呆けている建築家

を呼んで来い
工場を建てよ
鐘楼を建てよ
皆に知らせるのだ
たとえ鐘の音が迷路に迷い世界に鳴り響かなくてもただひとりでも目覚めた者に届けばよい　誰もお前を咎めたりはしない

お前はいつも変装して本当の姿を見せないが戦いに疲れ蜃気楼を彷徨う男にはそっと隣に寄り添って優しく声をかけてやればいい　そうすれば正午の太陽から垂れ下がる冬の日に涙して歩き始めるだろう

土曜日の朝

土曜日の
朝
あなたを
見つめている

「何？」

どうしたのとこっちを向いた

「なにも」
どうもしてないよと答える
描きかけの絵は何にも言わず
明日を
夢見ている

注射器

注射器の中に僕の赤い液体が
吸い込まれていく
ボクが吸い取られているのだ

注射はいつも恐ろしい
恐怖が僕の前にやってきて
目の前にいる無慈悲な女が
ボクを刺そうとしているのを見ると
体が硬直して動かなくなる

しばらく目をつぶっているうちに
抜き取られたボクの血は
どこかの試験場に連れていかれて
徹底的に調べられるのだろう

この人間はどういう人間なのか
この動物はどういう動物なのか

こいつの頭は宇宙人のようだとか
ちょっと狂った思考回路を持っているとか
そんなことまでわかったら大変だ
僕の正体が見破られてしまう

この人間は
こういう生きものなんだと
注射器の中に吸い取られたボクは
全部　白状してしまったのだろうか

も・しかし・たら

込み入った　数式　　　　の中には
　　正解なんてあるものかと
長い間自由に　生きて来た　　はず　なのに泣きそうな顔
をしている何処かで道に迷ってしまったようだお前はどこにい
るのだと聞いて
みた

季節は何色に変化しているのか分からない細い森の道はどこま
で続いているのか　いつの間にか　　　　　　　見え

なくなってしまう
どこに行けばいいのか　蜘蛛の巣に引っかかったようにどうも
がいて　も分からない　どこの誰だか知らない風が吹いてきた
ナビゲーターは何処にいる　　　　　　　　　　の
か

世界中を知っているに違いないと尋ねてみるがとても気ままな
風来坊なので　　　　　思考回路　　　　は
どこかに忘れてしまったのか質問が　理解でき　　ない
らしい　　　　　　　　頓珍漢な　　言葉が
返ってくるが　　　　　翻訳機も　嫌がって
通
訳しようとはしないまま　　いるのか

閉ざ　された空　想　はいつだって万華　鏡だった　どうあがい
たって大声を出すことは不可能だからせめて朝が来たら
　窓を開けて新しい風景を見てみよう
　もしかしたら　飛行機はたとえガタが来ていても　大
きな翼をつけて黙って新しい世界に飛んでいけるかもしれないか
ら
そんな希望の絵を　　　　　みんなが描け
ないことは　　誰もが知っている　でも
ひょっとしたら　英雄伝説のヒーローになれるのではないかと
また　　　　　扉を開けてみる

ブルーライトな侵入者

みしみしと軋む安易な侵入は
貪欲な色彩が隠れているのを知らない
廃墟になった街の安息が欠伸する
何ということだ　ダイヤモンドの憂鬱が　殺意を抱く
誰も気づかない
顔を見ると恐怖に慄いている
サロンではバイオリンがベッドの女を探しているではないか
犯人は誰だ
女はどこへ逃げた

探偵は双眼鏡の目をつむってしまったので
世界中がモザイクを見た不安に悩む
大声をあげて酩酊から首を伸ばし
紅い手を合わせた
なぜだ　なぜだ
祈りなのか　謝罪なのか
葬られた願望は見知らぬフライパンを叩いている
空が晴れたら何もしなくていいと
イワシの骨が夏ミカンを追っかけまわした青空に
飛翔する異邦人よ
早く行け　目を見張れ
パンプキンスープの中に夢を隠した罪は
誰が見つけても失望が飛び出してくる
心臓から飛び出した死者は

なんと生き生きと呼吸しているではないか
早く来い　早く
超特急《スーパーエクスプレス》に乗ってやって来い
紺碧《ウルトラマリン》の徘徊する人たちを呼べ
海の底に沈んだ壺にサンライズを投げつけろ
バルーンのカラフルが嬉々として
大混乱の破裂する疑惑が未だ世界中に踊りはじめたことを知らない
点滅する悩ましいネオンに遭遇しても
けっしてドアを閉めてはいけない

のっぺらぼうの歌が聞こえる

折れ曲がった直観は誰も味わおうとはしない
見ていると怖いわけでもないが　不味そうだ
ショーウィンドウのペンキは流れ出して　自由になった
美味しそうなのはカラフルな設計図　見つめている
さも　おいしそうに
コメントは　これは大人の味ですね　とか言って
甘い砂糖を偽り　故意に　塩を山盛り入れたのは
メッキをした黒胡椒のイカサマ　よくあるパターン
見映えは玄人好み

相槌を打って　誰も文句を言わない

繰り広げられる舞台装飾　絵の具が消えないように
それだけが心配なコスチューム
コンコースの真ん中で　踊り子たちの化粧がハゲそうだ
ひきつった笑顔
休憩室の告げ口に　聞き耳を立てる

夜の劇場《ステージ》は静まり返って
無観客のダンスの中　不気味に漂う闇の波動は真実を伝えるのか
耳をすませば　のっぺらぼうの歌が聞こえてくる
目をつむれば　心に響くのはなぜだろう

硝子の宮殿を創ったのは誰だ

ハートブレイクの偽装工作は甘い罠か
デコレーションはおいしいそうだが
腐った林檎のほうが
まだましだ　と
招待客は知っている
ワイングラスの媚薬と片手にはミントの儀礼
マスカレードの華やかなドレスにくるまれて
ここは大人の国ですね　と
周りを見回しながら　耳打ちをする
繰り広げられるしたたか微笑み

村はずれの薬局

いつの頃からか
村はずれの鎮守の森の
細い里道の角《かど》を曲がったところに
大きなくすの木がある
その木に隠れるように
小さな緑十字のファーマシーがある

人目を避けるように
初老の男が店に入って行った

やがて小さな薬袋を抱えて店を出て行った
人影がなくなったのを見計らったように
中年の女が入って行った
女が店を出てしばらくして
閉店間際に
スカーフを被ったポニーテールの若い女が
店に入って行った
その後　店からは誰も出てこなかった

店の主《あるじ》がカーテンを引いて
消燈した
辺りは灯りひとつない
安らかな闇の世界になった

夜半を過ぎたころ
店の灯りが点った
一匹のきつねが店から顔を出し
足を引きずりながら闇の中に消えた

紫色の・・・

紫色の　夜がやって来た　のは
月が泣いた　から
何故泣くんだ　と聞いたが　　　　黙っている
　空に浮かぶ
女の白い肌　が　淋しく光る　　誰かが
　　呼んでいる　　　　　　　　と言っていた
　　　もう泣くのはやめろと
　　言ったので　月は隠れてしまった
色彩　を　失った

夜　女は石膏に　なってしまっ　た
のか　彼女は
夜を見たくなかったら　しい　もしかして
永遠の　紫色が恋しくて
泣いたのだろうか
誰も　分からない
碧い　海の底に
沈むと　静かに眠る
いのち　なのだ　けれど　何万年のときが過ぎて
再び誰かが
紫色を　見つけに　来る
まで

四角い定規の女

四角い定規の女が演説しています
きちんと座って聞きましょう

目の検査をしましたか
あなたの未来が見えますか
曇っていてはワールドカップは食べれません

自分で空を飛びなさい
雨が降ったらやって来るのは明日です

耳の検査をしましたか
今日は何が聞こえますか
いえいえ　ほんとは何も聞こえない
あなたの錯覚なのです

夜の屋台は
ラーメン　わたあめ　からあげチキン
山盛り胡椒の激辛キムチ　むせかえるような鍋の湯気
ヤキニク　タコヤキ　ニンニクライス
なんと優しい　タバスコでしょう
彼女の好みでしょうか
どれが美味いかだってやぼなことは聞かないでください
どうしてそれを選べましょうか
それはあなたの人生だから

四角い定規の女が呼んでいます

あなたの言葉は美しい
見れば見るほど虜になって
グラビアアイドルのように悩ましい
あなたはいったい誰ですか
ほんとのことを知ってれば誰も迷いはしないでしょう
どうしてあなたを疑えましょう

パステルカラー

あなたはやって来た
何も言わずやって来た
何処へ行くのか答えない

地図はない
飛行機もない

心配そうに
パステルカラーの

今にも消されてしまいそうな
描きかけの絵は
何処へ行くのだろうか

こぼれた絵の具のしずくが
飛んで行く
見知らぬ街へ
飛んで行く

そんなとき

変な格好をして座っていたので
しびれてしまった
足をタガイチガイに前へ出して
歩くって
なかなか難しい
チョッと歩いて　また座って

ひょんなことから
意味もなく

思い出し笑いなんかして
ちょっとだけ　しあわせ気分

そんな時間を見つけたら
独りごとなんか言ったりして　ニタッと笑う

ひとりごと
ヒトリゴト　HITORIGOTO
言葉は同じでも
文字が違うと
意味はすこし違うみたい
なぜだろうって
また　首を傾《かし》げて　ニタッと笑う

たまには
そんなとき
いろんなこと悩んだりして

泣いたり笑ったり

海に花が咲いた日

深淵の海にこだまする
滅びゆく鼓動かすかに聞こえて
何万年の記憶は
誰が伝えて来たのか知らないが
すり減ったビオラの慰めにもならず
目に見えぬ海獣は
消滅する時間に成す術を知らない

いつの時報が鳴ったのか
どこかで赤ん坊が生まれたそうだ

空から星が落ちてきて
静かな時間が破裂した
天変地異の前触れなのか
新しい時代だと誰かが言った

祝祭だ
祝祭だと皆が言った

海の底にお花が咲いた
なにも見えない
お花が咲いた

あとがき

ぼくが絵を描き始めたとき、旅行先のエキゾチックな風景や颯爽と街を歩く若い女性を絵にできたらいいなぁと思っていました。やがて写真と絵の違いは何だろうと素朴に思うようになってリアリズムをやめました。

詩も絵も表現の一つですけれど、僕が詩を創り始めたいきさつはちょっと違っていて、長年絵の友であるMさんから「あちこち旅行されているから時間があったら紀行文を書いてみてはどうですか」と言われたことがありました。

いくつか文章を書き始めたもののすべてがうろ覚えで印象に残ったことだけでは一ページにもならず、尚且つ旅先の風景や事物をそのまま書いてもつまらないと思って詩を書き始めました。

詩集を出すにあたって神尾和寿先生には多大なご指導をいただき、出版社の澪沢純平さんにはご助言をいただいてお世話になりました。ありがとうございました。

秋元行雄

二〇二四年十月十七日

秋元行雄（あきもと・ゆきお）
1949年　神戸市に生まれる

住所〒560-0045
　　豊中市刀根山２丁目６-25

描《か》きかけの絵《え》のように
二〇二四年十一月二十六日発行

著　者　秋元行雄
発行者　涸沢純平
発行所　株式会社編集工房ノア
〒五三一―〇〇七一
大阪市北区中津三―一七―五
電話〇六（六三七三）三六四一
ＦＡＸ〇六（六三七三）三六四二
振替〇〇九四〇―七―三〇六四五七
組版　株式会社四国写研
印刷製本　亜細亜印刷株式会社

ISBN978-4-89271-393-4